秦雪雪　著

战图

长江出版传媒　长江文艺出版社

作者简介:

　　秦雪雪，　80后，江苏赣榆人，中国诗歌学会会员，现居西安。

目 录
contents

目录

不能面对

在昏暗的清晨枯坐
天慢慢露出灰蓝
晨光降临
我所拥有的　不过就是这些
无用的时光
无用的安静

安静过于庞大时
人会变小：
耳鸣
皮肤疼痛
流泪——毫无意义

有多少
无可奈何的事

那些不能面对观音的

同样也不能面对自己

等你的电话

一上午都在等你的电话
一下午都在等你的电话

云变慢
鸟飞走又飞回来
与别的鸟

一模一样地叫

薄秋　终南

薄秋
终南最高时
山风依然清冽
天空蓝中透出紫色
寂静　掏空耳朵

养蜂人　一直低头忙碌
一只黑鸟
缓慢飞过
翅膀张开　像一张黑色的嘴

荒野的各色灌木
凌乱而热烈
时间累了
拐个弯　躲在这里休息

下山路上　急走

所有山石后退

终南后退

一转眼

坠入红尘

路过老社区

门口坐椅上一排发呆的老人
像电线上的麻雀

一些梦想飞了
一些，永远也飞不动

四点零八分的北京

下午四点零八分的阳光

细细洒在长安街

高大的白杨树上

洒在一千片油绿的树叶上

这是四点零八分的夏天

这是四点零八分的北京

细碎的光阴

被一千片叶子

轻轻翻动

银子碎了　散落一地

风铃轻响

时光　发出透明的白

这白

被人民、被国家

被那个穷困潦倒的诗人
足足用了一千年
却依旧如新

风把云
一小朵一小朵地安顿
天空
变宽　变远
柔软而淡然
天安门
发出遥远的光芒

踩着长安街的地砖
踩着天安门广场的花岗岩地面
风的温度刚好

风的速度刚好

柳枝信马由缰

呼啸着抖落昨天

有那么一瞬间我惊醒：

此时此刻　四点零八分

我与这座城

是否在光阴里

隔世重逢

试　图

你笑了
晴或阴
天都是一抹水彩

你睡了
梦轻舞
音乐与尘埃

你哭了
蒲公英散去
我的心
空了好大一块

而多数时候
你有剔透的沉默

和精微的发呆

宝贝，我总是这样
试图勾画你

生长的声音

她睡着时
夜晚变软

她的呼吸
轻轻摩挲我的耳膜
发出海风吹沙子的声音

她的心是湖水，随时都为我泛滥

那个洁净的小女孩
似要哭又似要笑，半咧着嘴
她眼睛红着
准备迎接我的夸奖
也准备迎接我的斥责
她的心是湖水
随时都为我泛滥

她是我的小女孩
她的爱
却虚掷一空
我曾将她的鲜花踩在脚下
轻易捏碎她的童话
甚至把失望的乌云压在她头顶
她的心却是湖水
随时都为我泛滥

自负和小气
成为我无知的保护伞
残忍地将这个小女孩
眼中的洁静
画满我的图腾
而她的心是湖水
随时都为我泛滥

她为了我在别处的心
为了我僵硬的表情
为了我不名一文的泪水
她的心是湖水
只为了这样一个我，泛滥

春　雪

柳林本已淡绿如烟

经这一场春雪

更添星星点点

白的醉意

春雪落于一柄孤独的伞上

簌簌然

像深夜广播电台的微弱忙音

像一个人等待

初春之晨

晨光微曦
昏黄的路灯游走　像萤火虫
玉兰花蕾　亭亭然立于枝头
沾着昨夜的风露

有风吹过
像发生了一切
又像什么也没发生
观照一朵花开时的细语
时间的刻度
不准

雪后的北京

"北京"
有一万种场合
你的名字
被写下　被用旧
今天雪后的阳光
将这二字　洗得崭新

风一边吹　一边用阳光
洗去自己的沧桑
大地久醉　今日初醒
大地要用河流发言
连柳树　也不肯继续沉思

薄薄的积雪　微蓝
阳光裸奔

洒落的一瞬又跳跃起来
脚踩下去　踩下去
发出轻响
像婴儿第一次睁开眼睛

困在如霾的日子里太久
这次松绑　来得突然
天　跨界的蓝
眼睛与心
被割得生疼

加班夜归

深夜的院子
楼房们都睡了
只剩几格窗户
透出毛茸茸的黄光
一整天的柴米油盐
都因这一窗温柔的光
而浪漫地结束

蟋蟀叫得无忧无虑
一架飞机闪着小灯
缓缓划过头顶
每当这样安静下来
我就会把生活
重新爱一遍

秋

秋　选择在一场雨后
直接登场
知了虽拼尽余力
但夏　真已西去

秋阳之烈
天空破了一个洞
漏下天堂的幻境
周围的一切　强光反射
眼睛刺疼
那个清洁工崭新的橘色工装
快要烧起来

无须再拔高天的高度了
蓝　已经使人窒息

一块阴影　一块凉
一撮阳光　一团火
自由和爱恨
大自然　从不偏袒

秋天摞秋天
镜中人
眉眼被重复描摹
加深
一秋一秋的深呼吸
一秋一秋的南山
胸中涌过千军万马
而那个设计师
已满头白雪

金　鱼

鱼儿们打招呼的方式
永远都是
频繁地张大嘴　激动
再嗫嚅着吐泡泡
它们会优雅地表演退后
表演寂静

鱼儿在圆形的封闭水体
寻觅　沉思
偶尔两尾鱼错身而过
像两只蝴蝶
交换心事

为了写诗

有时我求真求实
为了寻找一句诗
盯着一树花或一天繁星
看一整个时辰

而写到你
我必须努力
躲避所有真相
再在心里开一朵
爱情塑料花
高潮之后
不败

这么多年

坐你开的车
斜靠在后排车门
眼睛里　心里
无须多置一物

可有可无的云
可有可无的
远处

这么多年了
那半拉月亮
一直跟随我俩
说不上美
亦用不着　卖命
凄凉

手伸到车窗外

风　猎猎作响

我的掌心摸到

风的肚皮

一　岁

一岁　日月的碾压
一圈　闭环的年轮
除以一年
跨过爱的直径
是个无限延展的
π
——穷尽时间的尽头

从未说出口的
海誓山盟
通过小数点
兑现

一　半

时间被揉碎
分成两半

一半用来想念
一半用来
克服想念

听钢琴曲《星空》有感

开篇的小提琴
像临了深渊的水
快溢出时伸展的张力
怅然地蓄势待发

钢琴的音符
是城墙上的青砖
错落有致地码放
堆叠起岁月

鼓声是流星雨
在耳边滚落
遮住眼睛
我爱穿梭在钢琴丛中的鼓
饱满自信

钢琴与鼓合谋

节奏渐紧

像是催人老去的

日出又日落

哽咽着向前向前

直抒胸臆吧！

苍老的心结

是未开的花蕾

却已腐坏

深深的背景音中

终于肯透出

那一缕委屈的幽怨

有一个傻瓜

站在瓢泼大雨的夜

苦等

繁星似海

离别的香气

他轻吻了她纤细的手背

她微含笑容

夜不深

刚够铺叙过往

夜风凉爽，淡淡洒了她一身

树上的叶子们

拥挤着轻快地跳一支舞

时光飞快

微甜，微苦

无须不堪

恰够回首

她要走了

轻轻抽身

握了握他的手

鼻尖留下他的味道

拂一下长发

没有回头

下一站

酒浓茶淡都随意

边走边爱吧

一切都将过去

一切都将继续……

农历年

雪比平常更白更嫩
没有风
远处鞭炮的纸灰
堆成幸福的一小窝

孩子们嬉闹的声音
老人们心满意足的嗔怪
安静的小渔村里
那些曾经孤独吹过的海风
那些曾经寂寞的树林
那个充满力量却无比自卑的青春
与这些年
赤脚蹚过的锋利岁月相比
都没什么了

回到这里

过一个大红色的农历年

回到这里

遇见一个完整的自己

故乡，小燕子

用力矫正英语口音

学吃西餐日料

知道天妇罗不是一种海螺

学会一边开车，一边听摇滚乐

尝试各种服装风格

直到发现，露和不露

并不是关键

喝味道奇怪的酒

通宵练习唱歌

第一次听演唱会

我的城市朋友们大笑时

我从不敢沉默

化妆，自拍，P图，确信自己不难看
从不停止写作，疯狂读书
练习钢琴，健身

实实在在地爱
实实在在地失望
结结实实大哭一场
卖力生活

到最后会写洋气的文字了
杨柳岸晓风残月
每种意象都可以写得像模像样
能在K歌时自如和自信
能看得懂一点点油画，确信伦勃朗画得很美
能听得出那个现场演奏的钢琴师

在哪一节快了半拍

然后，我才自信地对我那些朋友们说
我是柘汪镇下堰庄的，小名儿叫小燕子
我才在一个秋后晴朗的午后
用山东音的老家话说
妈妈，我要家去了！

如履薄冰这么多年
终于踏实地坐在老屋的小木凳子上
不用在意穿裙子时双腿
交叉的角度

写下这些字
我的心

终于真实而温暖
终于放松而疼痛
终于可以放下戒备，柔软
余生的时间，终于

都是我自己的了

乞讨者

他弓着身子

背对地铁出口

脸淹没在胡子和头发中

他额头抵在地上

冬日的大地不为所动

行人的脚步声

和着一种叫尊严的东西

塞满他的嘴

使他无法

对每一个硬币落地的

哐当声　说

谢谢！

书　签
——记一位朋友

小麦熟了，弓着背

在阳光里打盹儿

油菜花执意要开

却又执意

要谢

枫叶一夜之间被染黄、染红

由着霜任性

阳光击退最后一滴柔软的露珠

不用给时间交代什么

雨细细下着

床头的闲书

忘记翻到了哪一页

窗外远山的轮廓

有哪一朝哪一代的踪影

还好，这些都不用担心。

你把情
统统寄给了山水
心中的那个她
永远留在染色的那一页
任凭好奇心怎样央求着自己
你也拒绝
再探索

她对你回眸一笑时
那微微挑逗的带水的眼
被你制成记忆的书签
攒到入梦时
才肯翻一翻

是什么

是什么
使风继续吹
使石头风化
使鸟声注满天空的空白处
使雨声轻漫心头
使植物疯狂生长直到蜷曲
直到疲惫

是什么使这一切继续
使思索一刻不停
并且一无所获
使同一段路途布满不一样的张望
使松涛无来由地汹涌
使雨，滴到树叶上
无用地停留

错　过

抓不住流沙
拧不干
岁月的汁液
飞鸟留下
最轻的一根羽毛

云却不肯留

醉　酒

两手捧住脑袋
小心翼翼

贴着镜
亲吻自己
镜里那个女人
自由得
像条蛇

早春　河

玉兰在霾中端立

花瓣开放时的张力

刚够盛下一窝清水

如果开得再用力一点

花瓣的反面会弯成一种

乳白色的弧

像芭蕾舞者　飞跃舞台时

弯曲的腿窝

美过于浓时

眼睛会尝到甜味

当看到盛开的玉兰

眼睛在吃山竹

柳烟只肯染绿河一岸

另一岸　留给红叶李
那一树一树的粉白小花
每一根花蕊都伸展到极致
风轻轻一吹
仿佛会敏感地尖叫
那花托的玫红色　重重的
一不小心暴露了羞涩的心事

偶有花瓣
翻身　旋转　弯曲下降
落水的那一刻
水面轻轻皱了
发出微弱的轻响
心就在那一刻　动了一下
此时　迎春花挑逗的黄色

正在微风中　变矮

这个雾霾沉重　阴寒的早春
植物们热烈地奔忙
河面装作　若无其事
对于大地　花朵怀有的悲悯之心
比作家还重

我猜那条被群花环绕的河
此刻一定
像个坚硬的姑娘
突然被爱了
就突然柔弱

沉　默

隔壁有清晰的撕纸巾的声音
花朵与空气互相折磨的声音
渐渐地　安静的空间
传来强忍着的　扭曲的抽泣声
空间突然过于狭小
我感到一阵温热的委屈

她是谁
生活对她做了什么
像这样　躲进卫生间
自己抱紧自己
让强忍着的坏情绪决堤
让心中的各种鬼怪
光明正大地欺负自己
把脸上那副　一切都好

彻底撕下去
会好过些么？
会疼么……

我蹑手蹑脚
不作停留
因为曾经
我也需要旁边的人
沉默，离开

晚秋的夜

梧桐树借着路灯抒情
灯光弹奏着树叶
叶脉晰出
水珠滴落

一丛光会聚成一个温暖的窝
围坐在初恋的身旁

秋　阳

鸟儿们轰然抖落
翅膀上的西风
太阳再用力
按一按

蓝太浓　天空塌陷
一阵风吹过
秋天脆得像面镜子
银杏树不停止
长高　长高
直到把秋天
撕碎　再
一点　一点
零落

蒙面舞会

人是上帝随手种下的树
绿色的
树皮向着阳面

树皮之下
是盘根错节的纤维
构思机巧的神经

每张树皮都挺得僵直
多数时候
发达的神经蜷缩着
时常有树被挤倒
倒之前　发出粗布裹着的
挣扎的声音

只是偶尔

温热的脸

会流泪

写　真

追逐光

然后顺从地闭上眼

像第一次那样

等待光落在灵魂的某个

柔软的地方

发出

精微的一响

追逐影子

将夕阳

斜切下一个精准的角

在某一个侧脸

静等发梢一瞬间的灵感

让优雅悬起来

找到张力最大的那条缝隙

快门按下的"咔咔"声
将时间压扁　按寸立起
将年龄放入带标签的抽屉
将我从灰暗的生活中拉出来
然后缓慢地
重新大写一遍

彼岸花

把爱全部交付
把自己全部交付

心全部交付
眼泪全部交付
然后
空着手　找自己

那终其一生
也到达不了彼岸的
全部都忘记

只留给自己一朵
彼岸之花

远

于后院的残雪中
听池塘的水
摩擦石头
水声央求着冬月
一日，一日

屋檐的雪水
疏离地滴落
寂寥的日光
细数过往

终究
越来越远

致——

父母赐我身体
你捏出
我肉体内文学的泥胎
——并且在之后的几十年里
时常调整你的作品

生活让我寂寞
而你让我
寂寞难耐

龙王爷爷

在潭柘寺的龙王殿
叩拜龙王
磕三个头
抬头望去
龙王长成了我爷爷的模样

也是那样长长的眉毛
宽宽的眉骨
脸上严肃，眼睛却透出慈爱的光
也是那样硬硬的胡子
冬天为了给我取暖
捧着我的小手哈气
胡子扎着我，心
生疼

爷爷的帽子
幻化成两只可爱的犄角

爷爷，我多想摸摸你的角
就像，你是否也很想摸摸我的头？

爷爷，你在这里冷么？
饿么？
就像在灵堂托梦给四姑时那样
想抽烟么？
那些游客的供奉
一定都买不到你丢失的羊

爷爷，记得在病榻上
你问过我在西安的详细地址

我愚蠢地随便说了点什么应付你
就这样，你走了这么多年
而我独在异乡
你是不是找不到孙女儿了？

爷爷，今天突然
看到你的长孙女
看到长大成人的我
你有没有一丝欣慰

爷爷，当你看到泪流满面的我
看到为了生活
左突右奔的我
看到时常走丢
再兜兜转转自己走回来的我

爷爷，你有没有在最黑的夜里

——心疼过我

爷爷，我在努力生活
尽量相信阳光
竭尽全力奔跑
并且在跌倒时偷偷爬起来
从不喊疼从不让别人知道
爷爷，我是否
是否活成了你希望的模样

爷爷，我是不是
是不是曾经，也让你
失望

小　满

时间一点都不经过
要小满　就小满
伸一个长长的懒腰
新一轮时间的潮
在体内展开
小雨缓缓从心中涨起

散下头发
穿舒坦的裤子
纯棉衬衫　素着脸
安静地对着镜子笑
野山梅淡淡发出清幽的味道

睡一觉醒来
像漂在海上很久　被捞起

钟 楼

无论沿着东西南北
哪一条大街
往城中心走
钟楼都是尽头
朝拜的方向：
尽头

逆光，生命的潮涨起又落下
钟楼
是每一个方向的起点

众多飞鸟环绕钟楼盘旋
钟楼是一场风暴的眼

时间的漩涡

某一天

这只眼

突然睁开

祈　祷

风四散　大地如草稿
树的枝叶疏离　萧萧如潮
初夏暂时卸妆

从某一年的六月七日开始
给人生的前一小半程收住口
用纤纤双手
拉满弓

高铁穿过某个黄昏

电线杆迎面撞来
黑色电线一跃一跃地后退
时间在这线上
策马奔腾

稀落的杨树林后退
逆向梳理视野

夕阳之光苍黄有力
把云甩得满天都是

偶尔路过河流
目光所触
大地袒露
隐秘的柔软

变　小

温平的初夏

经过雨

经过风

天静静地蓝

云升起

并长得很大很大

树冠变小

心事变小

我变小

春　夜

春夜是果冻

黑暗透明

星光幽然

地上新落的小小杏花瓣

保持花朵最初的弧

碎碎的白一地

让人不忍心下脚

这畅然的夜晚漫步

与你相伴

春风柔软

玉渊潭

微风拂过玉渊潭
万千银杏叶小振幅抖动
发出碎碎的初夏的声音

角堇耀眼的黄
糯糯地反射着阳光
天热起来
身体松弛
暖风中
心里胀胀的
麻酥酥的

麻雀们发出灰色的叫声
一大群，忽地洒落进草地
又忽地群起

齐刷刷落在小松树的干上
像一群音符
一瞬间
找到五线谱上自己的位置

樱花已旧
一株樱花树上挂着木牌：
染井吉野
花已谢
依稀有几根枯萎的花蕊
树干上新发的叶
嫩得让人想吻上去

有那么一瞬，无来由地
抚摸着粗糙的树干

我的心一阵战栗
隔着时空，隔着物种
不知这株樱花
是否认我为旧相识

高大的白杨树
叶子的正面是嫩嫩的绿
叶子的反面，像在绿上镀了一层乳白的膜
枝干尽情随风荡着

在玉渊潭，白杨是白杨本来的样子
风涛恣意，风是风本来的样子
在玉渊潭
我是一株樱花的故人
我是我本来的样子

素描重庆

浸在重庆城中
雾浅　雨淡
潮湿透过衣服裹着身体
细细的雨
在睫毛前表演
四十五度角翻飘

灌木丛
高处与低处的叶子
在雨中轻轻摇着
叶片被水滴挣脱的一瞬
有失落的一振

天光发白
一群鸟　在楼缝之间

极力飞翔

急转弯时

耳边传来黑色的低频波动

马路顺势埋进楼群

你消失

红绿灯轮回闪亮

重庆森林

重庆
潮潮的榕树如盖
榕树的头发
沾地儿就生根
森林与马路
纠缠，旋转，升腾
一个压低的吻
这座城
便停下来

重庆的夜比别处更深
雨，触不到城市底部

我的成都

白茫茫的薄雾中
大树甩开膀子
天光落在娇嫩的叶尖儿上
勾勒出模糊的轮廓
光与水雾起承转合
绿色的深浅明暗
被用到极致

在成都
树　只需要做树本身
不必歌颂　不必虔诚
空气是女性的
深呼吸
这世界的绿都是我的！

水汪汪　湿漉漉　软绵绵
空气　是女性的
深呼吸
一整个成都
都是我的！

长白山脉

大刀阔斧的石
藏青，银灰，土黄
山石善于蘸着水墨
纵情写诗
无论墨绿的松，或是银白的桦
都是山石的胡楂

风穿着长斗篷
伴着雪，横着飞
风雪中山与石
美得严丝合缝
没留一道缝隙
让文人下笔
古人的水墨丹青
是最忠诚的写实主义

太阳与风之神

遍历这场辽阔的抒情

不局限于一棵树的孤独

不局限于一场爱情的荒谬

时间不按小时计，不按天计，不按年计

植物一季季枯荣

轮回一圈圈荡开

人间的悲欢离合

不过是时间轴上的小小皱纹

干了这口沁人心脾的雪

喝下风，灌得涕泗横流

前世今生，悲怨哀喜

都交付这场

山水！

山间夕照

河已冰封　覆雪
没有哗哗流水
大地　等春来
也等风来

夕照
压低头　被崖缝挤着身躯
在崎岖的山路上颠簸很久
才到达河边的老榆树

远处孩子的嬉笑声
砸在山石处
回音冲散
大地凝固的安静

偶尔犬吠
黄牛就眨一下
含水的眼睛

丈　量

极寒的长白山脉
凝练的深蓝夜空
繁星之海
闪烁
——巨大的沉默

上帝之手
用星座的坐标系
丈量
时间的桅杆

公　交

公交车将午后变慢
将街边的树　放大
将被电线分割的天空
轮廓画得更清晰

一站一站停
时间像竹子
一节一节高起来

打个盹儿
到站晃醒了
一股脑儿的心事都倒出来
像隔世

一抬眼　车窗外

有一座类似寺庙的建筑

在尘埃里

9月9日夜雨

雨夜
把自己锁在车里
狭小的空间
莫名其妙的安全感
像私奔的前夜：
最自由的时刻
总装满孤独
最孤独的时刻
总装满期待

下了车，打着伞听重重的雨
还好，停车位离家那么远
离妈妈在厨房氤氲雾气中的背影
那么远
离孩子黏人的声音，专注的眼神

吸盘一样的小嘴巴

那么远

离一整个家庭的裹挟，纷扰

那么远那么远那么远

雨苍茫茫茫下

一个人走着

比起眼泪

比起心中

雨泼如墨

累与饿

是多么容易忍受

女人三十

孩子的生字本
老人的假牙
早餐与诗集一起背在包里
三十岁的女人
时间像头发
分叉的部分
被迅速剪掉

偶尔在黑夜里流泪
——很久
偶尔在水边
走失
多数时候在人潮中
祷告

剩下大片僵硬的空白
用来发呆
用来拾取一些时光里
发亮的东西

秋之书

白杨树站得笔直

清心寡欲

像素描

给街道刷上新的萧瑟

榆树未老

但模仿着更老的榆树

黑着脸　披头散发

自我放弃

能落下的叶子　绝不留

梧桐树伸个懒腰

挺拔而优雅

梧桐的前世是猫

偶尔闲落一两片黄叶

发出蓝天白云的叫声
风一吹

大地　就翻过这一页

一　瞬

曾经有一瞬间
与你合二为一

不能再近了

然后用余生
慢慢离你远去

一生总有那么几个瞬间
用完了一辈子的长度

解

爱是电磁场

某个特定时间特定坐标
体温　嘴角上翘的弧度
眼神涣散时　睫毛轻扇的力量
头发
以及风
一切都完美地满足
爱的麦克斯韦方程

于是
爱情有解了

自画像

脸的下部

有太过倔强的线条

以反手姿势

迎接生活的痛击

时间准备磨平我的

我都将以更尖的棱角

磨回去

脸的上部

有秋水深渊

有蜻蜓短暂停留

时间在这里沉淀

微光粼粼

眉是远山　偶尔阴云堆积

有雨与雾
偶尔彩虹舒展
爱　光临
溃散

有时这样想你

侧身

蜷缩

背对窗口

背对全世界

用被子蒙出一分定制的温暖

用黑暗制造一朵莫须有的安全感

有时只能这样想你

一种情愫

在你面前
我像头小鹿那样
拥有十秒钟的平静
——听时光，听风
等待上帝，先走一步

而下一个十秒
我将向你的怀抱
奔袭而去

这世界过于繁琐
除了澄澈的天空
以及你眼中
天空的倒影
我不想占有
任何一样东西

秋天及其他

1

一顶金黄的草帽，蓝色园丁服
竹子扎的大扫帚
扫啊扫啊
分不清银杏叶在哭
还是在笑

清尘四起
世事翻飞
那些过去，哗啦啦啦都过去了

2

命运时常眷顾着我
比如一整个秋天
横沉在我怀抱

比如闲下来时下起小雨
比如雨天
偶遇故人

3
迎着滚滚落下的夕阳
绕城高速
一辆辆车子如倦鸟归巢

秋天的落日
把时间逼得飞快
惆怅拉长

4
工作生活的繁琐

锁
一潭水翻搅
锁
奔涌的心事，临界的眼泪
锁

银杏叶飘落
扶风，抓不住自己

时间洪水，泥沙俱下
那些曾经
一哄而散

秋雨小品

1

秋夜小雨细密

脸颊上手背上鼻尖上

像笼一层白色蕾丝

雨沙洒在桂花香上

带着秋凉

呼吸再深一点

就尝到了秋天的蕊儿

2

雨雾迷了汽车的挡风玻璃

星星点点

前车红色尾灯亮起

眼前便有

一个大西红柿

沙瓤，用手掰开

毛茬儿的裂缝

撒上白砂糖……

3

宁愿秋雨的夜晚

被堵在一条

油光光的小路

伸着腰舒服地趴在方向盘上

牙齿轻咬着胳膊

清空大脑

挡风玻璃上的西红柿雨露

被雨刮一次次推平

再一次次重布

多么幸福的不厌其烦啊

该过去的就会过去
就像该来的
总会来

4
入夜
卧在窗前听雨
夜过于浓，庞大
雨声稀疏而远
梦穿插其间
梦太空旷，充满回声
只够浅睡

一个人的战争

床是最后的阵地

夜玄武

浅浅的夜

浅浅的玄武湖

秋雨新停

柳枝性感地沉思

莲叶随风轻动

夜色中掀起一池墨绿的论坛

杨树叶私语

若仰头望

偶有一大滴秋水

落上额头

像一朵冰凉的吻

远处灯光渐暗

夜南京静静躺在湖畔

湖水盈盈

近处的你
盈盈

大　暑

大暑
土地　用最大的力
抚平夏天的皱纹

夜　张开嘴
逼迫心门打开：
尘归尘土归土
绝望　归绝望

梦太长
像圆了一样

杏林山庄

劲风吹拂
松涛澎湃
天蓝得很薄很脆
滴水　都是冰

柳枝长袖善舞
不喝酒就醉了
白杨伸出所有的手
表演千手观音
如此纵情
白杨的胳膊一定被抻得很疼

日光很用力地亮着
树梢被阳光着色
淡淡的黄

淡淡的绿

玉兰的骨朵抖着茸毛

生命太满

从树梢流出来

爱太满　　泪

从眼睛流出来

北方的冬天

让人搜肠刮肚

让人翻箱倒柜

让人想把时光都掀翻

再重新布置一遍

一滴水的忧伤
——令十九首

1
海边的飞鸟
夕阳
一滴水的忧伤

2
我动，月亮动
那棵百年皂树
不动

3
秋天到了
这座城
一无所获

4

雪融化，冬天

在怀里

塌陷

5

吻她

像第一次

像最后一次

6

明天就能见到他了

花园里的玫瑰

安好如初

7

百合一夜没睡
与芥蓝
讨论春天

8

道过晚安
舍不得睡
百合香愈浓

9

如水的夜
如水的胸膛
三文鱼在冰上

10

天空辽阔

小鸟可以画

平行线

11

卸掉口红

一个人

吃烤串

12

书架上

诗集，易经，量子力学摆在一起

文字会串门儿么？

13

独在异乡，生病了

最想告诉妈妈

最不想告诉妈妈

14

被你抱着

柔软的鱼

沉进湖水

15

在机场到达口，阅尽千面

你出现的一瞬

千面归零

16

抽烟的女人，紧紧地
吐出烟圈的瞬间
松弛

17

床头朝南，窗朝南
枕着终南山的雪
睡一夜

18

2019年最后一天
树苍苍
云苍苍

19

下雨了
好长的人生
好大的寂寞

妈　妈

想写你，妈妈
你却简单到让我无从下笔
不识字，也
说不出漂亮话
从厨房到田垄的距离
概括了你大半辈子的长度
织毛衣时短暂的安静
是你对生活最深刻的表达

你时常独自占有一大片庄稼地
田野的荒凉最贴近你的胸怀
拖着汗淋淋的身体和疲惫的双腿
晨露沾湿你的发梢
妈妈，你的呼唤是无声的
穿过回忆的白墙

你用浑浊的眼睛张望远方

月亮淡去
小鸟像一把石子撒向天空
村子的炊烟又白又软
你一辈子努力
不过就是用一双布满老茧的双手
为孩子
围拢一个温暖的家园

你的眉眼拥有植物的朴实无华
像是这片土地上的每一棵树
以及树下
吹过的带着季节味道的风
但你是我生命的开端

爱你，是我对生命最高的礼赞

我想把玫瑰、百合

鸽子、彩虹

我想把千山万水的颜色

献给你

却发现

没有一条山脉

能够弯折出你皱纹里的

朴素与高贵

没有一片星空

能承载你凝视里的

沉重与爱怜

妈妈

你赐给我一望无垠的时间

赐给我脸部刚硬的轮廓

再用最原始的汗水铸造道路

然后就任由我在时光的荒原

独自奔跑

你不教我

怎么冲过刺骨的风沙

怎么抵御虚无的诱惑

你只是安静地送我出门

全心全意等我回家

妈妈，这世上除了你

还有谁

关心我冻红的手指

还有谁

给我如此

卑微的期待

时光飞快

柴米油盐被你夹进日子的缝缝里

沙子一直漏

太阳照常升起

你的背影

缓缓弯下

直到有一天

妈妈的岁数突然大得吓人

我居然不太敢说出口

其实我想要一个拥抱

特别是跌倒了偷偷爬起来以后

在厨房热乎乎的雾气中

我想一头扎进妈妈的怀里

靠在你早已塌陷的胸口

仗着自己的倔强和委屈
大哭一场

可是，并没有
我只是轻推家门
说一句
妈，我回来了

图书在版编目（ＣＩＰ）数据

试图 / 秦雪雪著. -- 武汉：长江文艺出版社，
2020.12
　　ISBN 978-7-5702-1863-9

　　Ⅰ．①试… Ⅱ．①秦… Ⅲ．①诗集－中国－当代
Ⅳ．①I227

　　中国版本图书馆 CIP 数据核字（2020）第 199466 号

责任编辑：胡　璇　付　敏　　　　责任校对：毛　娟
封面设计：大卫书装　　　　　　　责任印制：邱　莉　　王光兴
封面题字：郭飞耀

出版：

地址：武汉市雄楚大街 268 号　　　邮编：430070
发行：长江文艺出版社
http://www.cjlap.com
印刷：武汉市籍缘印刷厂

开本：640 毫米×970 毫米　　1/16　　印张：9　　插页：2 页
版次：2020 年 12 月第 1 版　　　　2020 年 12 月第 1 次印刷

定价：36.00 元